LES
JOYEUSETÉS

DU

R. P. LA CAYORNE

AVEC UN FRONTISPICE DE HENRY SOMM

La mer en permettra la lecture aux marins.

PARIS

CHEZ J. LEMONNYER, LIBRAIRE

53 bis, quai des Grands-Augustins

—

1882

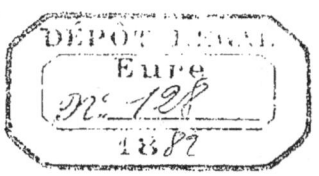

LES JOYEUSETÉS

LES
JOYEUSETÉS

DU

R. P. LA CAYORNE

AVEC UN FRONTISPICE DE HENRI SOMM

La mer en permettre la homme es marins

PARIS
CHEZ J. LEMONNYER, LIBRAIRE
55 bis, quai des Grands-Augustins

—

1882

LES
JOYEUSETÉS

DU

R. P. LA CAYORNE

AVEC UN FRONTISPICE DE HENRY SOMM

La mer en permettra la lecture aux marins.

PARIS
CHEZ J. LEMONNYER, LIBRAIRE
55 bis, quai des Grands-Augustins

—

1882

A MON AMI E. BELLOT

Président du « Box-Bock »

PRÉFACE

—

Si je n'ai pas fait ma trouée,
C'est que, pour plaire aux matelots,
Ma muse, hélas ! s'est enrouée
A ne chanter qu'au bruit des flots.

Et, qu'errant à sa fantaisie,
Loin des cieux connus du terrien,
La route enfin qu'elle a choisie
Est celle qui ne mène à rien...

Pas même à la gloire éphémère
Dont tout poète de vingt ans,
Épris d'une douce chimère,
Croit s'enivrer quelques instants.

Alors, ai-je, un jour de débauche,
Coiffé ma muse d'un béret,
Et, faisant demi-tour à gauche,
Je l'ai conduite au cabaret,

Où, plus folâtre que cynique,
Elle mit son voile en fanchon,
Et, sans dégrafer sa tunique,
Chanta la Mère Godichon.

AMOUR ET BOUCAN

Bonnes gens d'humeur paisible,
Qui criez à tout propos
Que notre joie explosible
Trouble votre doux repos ;
Gare ! ce soir le tapage
Va redoubler vos émois,
Car notre fol équipage
Est à jeun depuis six mois.

Si mainte plage lointaine
A vu nos brûlants désirs
Se morfondre en quarantaine
A la porte des plaisirs,

L'argent de notre campagne
Nous ouvre à double battant
L'huis des châteaux en Espagne
Où le bonheur nous attend.

·€❦Ɛ·

Quand l'ivresse idéalise
Nos ardeurs et nos transports,
Nous gaffons nos Cydalise
Dans les bas quartiers des ports.
C'est dans ces touffes d'orties
Que nous cultivons les fleurs
Qu'Esculape a garanties
Malgré leurs pâles couleurs.

·€❦Ɛ·

Ne prêtons pas trop à rire
En sortant des cabarets ;
Surtout, n'allons pas décrire
Trop de festons indiscrets.
Prouvons par notre attitude,
Digne des plus fiers marins,
Que nous avons l'habitude
De voguer sous tous les grains.

CHANT DE RAMES

Gai! gai! les gais lurons!
Allons faire
Notre affaire!
Gai! gai! les gais lurons!
Allons, souque aux avirons!

Dans la ville où nous allons,
Les belles
Sont peu rebelles;
Car celles dont nous parlons
Sont toujours sur nos talons.

Gai! gai! les gais lurons!
Allons faire
Notre affaire!

Gai! gai! les gais lurons!
Allons, souque aux avirons!

·ε✻ɔ·

En fait d'ardeur en amours,
    Nulle autre
    Ne vaut la nôtre...
Si nous jeûnons quelques jours,
Nous nous rattrapons toujours.

    Gai! gai! les gais lurons!
      Allons faire
      Notre affaire!
    Gai! gai! les gais lurons!
Allons, souque aux avirons!

·ε✻ɔ·

Ce qu'il nous faut à nous, c'est
    La folle
    Qui batifole,
Et sonde notre gousset,
Avant d'ôter son corset.

    Gai! gai! les gais lurons
      Allons faire
      Notre affaire!

Gai! gai! les gais lurons!
Allons, souque aux avirons!

·€❀3·

Pour répondre à nos désirs,
      Chez elles,
      Ces demoiselles,
Inventent dans leurs loisirs
Toujours de nouveaux plaisirs.

   Gai! gai! les gais lurons !
      Allons faire
      Notre affaire !
   Gai! gai! les gais lurons!
Allons, souque aux avirons!

·€❀3·

Sans épouse ni poupart,
      Nous sommes
      Aussi des hommes !
Et nous voulons notre part
D'ivresse avant le départ !

Gai ! gai ! les gais lurons !
Allons faire
Notre affaire !
Gai ! gai ! les gais lurons !
Allons, souque aux avirons !

LE PETIT NAVIRE

Il est un tout petit navire,
Son patron est la blonde Elvire,
Une fillette au frais minois ;
De son bastingage à sa quille
Il est grand comme une coquille,
Comme une coquille de noix.

> Oh ! hisse ! hisse !
> Hisse à la drisse !
> Oh ! hisse à bloc,
> Hisse le foc !

Il est, comme une fleur éclose,
Capitonné de satin rose

Et garni d'or à son pourtour ;
Quand le vent double son allure,
Dieu sait, sous sa fine voilure,
Ce qu'il file de nœuds par jour.

> Oh ! hisse ! hisse !
> Hissé à la drisse !
> Oh ! hisse à bloc,
> Hisse le foc !

Lorsqu'un grain vigoureux le charge,
Il faut le voir, prenant le large,
Tanguer de l'arrière à l'avant ;
Sa coque avec soin espalmée,
Frémit comme un torse d'almée
Et tressaille en se soulevant.

> Oh ! hisse ! hisse !
> Hisse à la drisse !
> Oh ! hisse à bloc
> Hisse le foc !

Bien qu'il soit solide à l'ancrage,
Que de fois il a fait naufrage,
Ce joli petit bâtiment !
Mais, fort habile à la manœuvre,
Son pilote met tout en œuvre,
Et débarque le chargement.

> Oh! hisse! hisse!
> Hisse à la drisse!
> Oh! hisse à bloc,
> Hisse le foc!

❦

Ceinte d'un gracieux blindage,
Sa coque dans un abordage
Résiste aux engins les plus gros ;
Jamais dans sa fureur guerrière
Il ne présente son arrière
Au nez des plus vaillants héros.

> Oh ! hisse! hisse !
> Hisse à la drisse!
> Oh ! hisse à bloc !
> Hisse le foc !

❦

Chaque mois, moins d'une huitaine,
Relâchant, il fait quarantaine,
Et s'abrite contre le flux ;
Pour le déloger de son gite,
En vain mer et vents, tout s'agite,
L'onde et les vents sont superflus.

Oh! hisse! hisse!
Hisse à la drisse!
Oh! hisse à bloc,
Hisse le foc!

LE RÊVE D'UN GABIER

Un soir d'été que je m'étais
    Endormi dans la hune,
Je fis un rêve où j'héritais
    D'une immense fortune ;
Le plus drôle, c'était de voir
De mes mains l'or de cet avoir
        Pleuvoir !
Oh ! oh ! oh ! oh ! ah ! ah ! ah ! ah !
Quel rêve amusant c'était là,
        La, la !

J'armai d'abord un brigantin
    Et m'en fis capitaine,
Puis, je levai l'ancre un matin
    Pour une île lointaine,

Où le peuple en grand désarroi
Me fit, dans une heure d'effroi,
        Son roi!
Oh! oh! oh! oh! ah! ah! ah! ah!
Quel rêve amusant c'était là.
        La, la!

Mon peuple, dès le lendemain,
    Par un millier de bouches.
M'acclame et me fait un chemin
    De fleurs sous mes babouches :
Tous étaient dans l'enivrement
Et trouvaient que j'étais vraiment
        Charmant.
Oh! oh! oh! oh! ah! ah! ah! ah!
Quel rêve amusant c'était là,
        La, la!

Ayant accepté cet emploi
    D'une face sereine,
Je m'engageai, c'était la loi.
    A féconder la reine:

Aussitôt dit, aussitôt fait !
Et la cour trouva ce haut fait
   Parfait !
Oh ! oh ! oh ! oh ! ah ! ah ! ah ! ah !
Quel rêve amusant c'était là,
   La, la !

·⧉·

Elle était, malgré ses quinze ans,
 Vierge encor, quelle aubaine !
Et ses seins polis et luisants,
 Plus noirs que de l'ébène,
Par un fil rouge retenus,
Dressaient leurs deux globes charnus,
   Tout nus !
Oh ! oh ! oh ! oh ! ah ! ah ! ah ! ah !
Quel rêve amusant c'était là,
   La, la !

·⧉·

Il faut bien sous les caroubiers
 Qu'un roi se divertisse !
Aussi mes trois plus vieux gabiers
 Y rendaient la justice :

Malheur ! aux pauvres condamnés...
On leur coupait... vous comprenez !
          Le nez.
Oh! oh! oh! oh! ah! ah! ah! ah!
Quel rêve amusant c'était là,
          La, la !

De tous ces nez on composait
    Un plat des plus étranges,
Dans lequel on introduisait
    Du poivre et des oranges ;
Mes sujets flairant un repas
Dansaient, devant nos ajoupas,
          Un pas !
Oh! oh! oh! oh! ah! ah! ah! ah!
Quel rêve amusant c'était là,
          La, la !

A deux ou trois bottes d'oignons,
    Suivant l'art culinaire,
On ajoutait les deux rognons
    D'un gras missionnaire...

Mais la reine à l'instinct gueulard
N'en mangeait — ô comble de l'art! —
        Qu'au lard !
Oh! oh! oh! oh! ah! ah! ah! ah!
Quel rêve amusant c'était là,
        La, là!

Un jour, au sujet du fricot,
  Mon peuple se soulève,
En guignant mon nez pour écot
  Le menace du glaive...
Lors, je m'éveille, et peu certain
De le sentir... j'y mets, soudain,
        La main !
Oh! oh! oh! oh! ah! ah! ah! ah!
Quel rêve amusant c'était là,
        La, là !

La moralité de ceci
  Qui n'est pas de l'histoire,
C'est que j'avais pour but, ici,
  D'amuser l'auditoire...

Mais on peut nier ma vigueur,
Et m'appeler à la rigueur,
    Blagueur;
Oh! oh! oh! oh! ah! ah! ah! ah!
Quel rêve amusant c'était là!
    La, là!

LE SERGENT DARDANUS

Je veux, me dit Julienne,
Flattant ton petit travers,
Me présenter à l'envers
A la mode italienne,
    Va donc, mon vieux sergent,
Prends la route éolienne !
    Va donc, mon vieux sergent,
Sois heureux pour ton argent !

Mais pour que je me trémousse
Toujours sens dessus dessous,
Voyons, baille-moi vingt sous,
Sans quoi, rien pour ta frimousse...
    Va donc, mon vieux sergent,
Va, traite-moi comme un mousse,

2

Va donc, mon vieux sergent,
Sois heureux pour ton argent !

Sergent, cela me lanterne,
Tu devrais virer de bord.
En amour, j'aime d'abord
Que dans ses goûts l'homme alterne...
    Va donc, mon vieux sergent,
Abandonne la poterne,
    Va donc, mon vieux sergent,
Sois heureux pour ton argent !

Peux-tu, me dit la pécore,
Marchander de tels appas ?
Pour vingt sous, ne faut-il pas
Que le pape te décore ?
    Va donc, mon vieux sergent,
Vas et recommence encore,
    Va donc, mon vieux sergent,
Sois heureux pour ton argent

Quelle ardeur!... sur ma parole,
Dans tes veines on le sent,
Marin, ce n'est pas du sang
Qui coule, mais du pétrole...
  Va donc, mon vieux sergent,
Tu vas happer la... *rougeole!*
  Va donc mon vieux sergent,
Sois heureux pour ton argent!

MON HISTOIRE

O vous, qui daignez m'écouter
  D'une oreille attentive !
C'est pour vous que je vais conter
  Cette histoire plaintive,
Car vous seule me comprenez....
  Ah ! madame Victoire,
    Apprenez,
  Apprenez mon histoire !

Dormant un jour près d'un chemin,
  Dans l'herbe et sur la mousse ;
Je m'éveille et j'entends : « gamin,
  Veux-tu te faire mousse ? »

Oui! dis-je à des gens goudronnés...
Ah! madame Victoire,
    Apprenez,
Apprenez mon histoire!

On me mit sur un bâtiment
    Nommé la *Mélusine* ,
Où l'on me chargea follement
    De faire la cuisine !
Quels plats je leur ai façonnés !
    Ah! madame Victoire,
        Apprenez,
    Apprenez mon histoire!

Le capitaine, un provençal,
    Commandant notre lougre,
Ayant l'esprit paradoxal,
    Voulait, le vilain bougre,
Ni plus, ni moins que... devinez ?
    Ah ! madame Victoire,
        Apprenez,
Apprenez mon histoire !

Sauvé de ce premier péril,
  Je quittai ce navire,
Et me sentant déjà viril,
  Je montai sur l'*Elvire*,
C'est de là que mes maux sont nés...
  Ah ! madame Victoire,
        Apprenez,
  Apprenez mon histoire !

Faisant l'amour sur mon chemin
  Selon tous les usages,
Dieu ! m'est-il tombé sous la main
  De drôles de visages !
Des blancs, des noirs, des safranés...
  Ah ! madame Victoire,
        Apprenez,
  Apprenez mon histoire !

Un jour j'attrape, en séduisant
  Une Napolitaine,
Un bobo dont nul n'est exempt,
  Mousse ni capitaine,

Pas même les gens vaccinés...
Ah! madame Victoire,
        Apprenez,
Apprenez mon histoire !

·£⚬ℨ·

L'*Elvire*, hélas! par un gros temps,
    Toucha sur des rivages
Où grouillait un tas d'habitants,
    Féroces et sauvages,
Aux appétits désordonnés...
    Ah ! madame Victoire,
        Apprenez,
Apprenez mon histoire !

·£⚬ℨ·

Chez ces cannibales ardents,
    A vous, je le confesse,
Je dus laisser entre leurs dents
    La moitié d'une fesse,
Puis, autre chose que le nez...
    Ah! madame Victoire,
        Apprenez,
Apprenez mon histoire !

·£⚬ℨ·

Le docteur du bord qui traitait
  Mon pauvre corps malade,
Voyant qu'on me le grignotait,
  Crie à cette peuplade :
« Vous êtes tous empoisonnés ! »
  Ah ! madame Victoire,
          Apprenez,
  Apprenez mon histoire !

Une vierge de ce pays,
  Plus laide qu'un vieux singe,
Dans une feuille de maïs
  Roula comme en un linge,
Mes deux lambeaux ratatinés ..
  Ah ! madame Victoire,
          Apprenez,
  Apprenez mon histoire !

Rousse comme un coco trop mûr,
  L'une de ces femelles,
Me dit : « Tiens, reprends ton fémur,
  Ton chose et ses jumelles,

Nous les trouvons trop basanés... »
Ah ! madame Victoire,
Apprenez,
Apprenez mon histoire !

Pour ne point oublier ces jours
D'effroyables coliques,
Au fond de mon sac, j'ai toujours
Ces débris de reliques...
Le temps les a si peu fanés !
Ah ! madame Victoire,
Apprenez,
Apprenez mon histoire !

MANON

———

Depuis qu'à Paris
On a fait venir la marine,
  Mon cœur est épris
D'un flambart à large poitrine,
    C'est un fort beau garçon,
    Joyeux comme un pinson,
Et qui, bien que toujours pompette,
Me charme au point que je répète :

    Ah ! qu'un matelot,
    C'est drôle et rigolot !

·୫୭ଈ·

Difficilement
Je me façonne à son langage :
  Certain mouvement,
Il nomme cela mon *tangage* ;

En style de gabier,
L'œil est un *écubier*,
Et troussant mes pudiques voiles,
Il dit : « Manon, *cargue tes voiles!* »

Ah! qu'un matelot,
C'est drôle et rigolot!

·ɛɔƀɔ·

Après le repas,
Quand nous taillons une bavette,
Fripant mes appas,
Il me compare à sa corvette.
Et me dit tous les soirs :
« L'aspect de tes bossoirs
Fait, sous le choc d'une caresse,
L'office d'une *guinderesse...* »

Ah! qu'un matelot,
C'est drôle et rigolot!

·ɛɔƀɔ·

Ferme comme un roc!
Devant rien le gars ne s'arrête...
Qu'importe le choc,
Sa folle humeur est toujours prête;

Prompt comme un coup de vent,
Il va droit de l'avant...
Et quand le bougre vous accule,
Tout cède à sa force d'Hercule.

Ah ! qu'un matelot,
C'est drôle et rigolot !

Pour se divertir
Il n'est pas de tour qu'il ne fasse :
Hier, prête à sortir...
— La honte me monte à la face ! —
Il me déshabilla,
Et puis me barbouilla
Le corps de goudron et de graisse
Pour se rappeler sa négresse !

Ah ! qu'un matelot,
C'est drôle et rigolot !

Prompt à s'embraser,
Surtout quand il a sa biture,
Il veut m'épouser
Devant le Dieu de la nature,

Il me dit, plein d'ardeur,
De ces mots sans pudeur,
Dont je rougis, sans être austère,
Comme une vierge de Nanterre.

Ah ! qu'un matelot
C'est drôle et rigolot !

Quand il ne boit pas,
Il est maussade et taciturne,
Toujours sur mes pas
Il chavire tout dans la turne,
Pour un oui, pour un non,
Hélas ! pauvre Manon !
Il faut voir comme il me palanque,
Et les tatouilles qu'il me flanque !

Ah ! qu'un matelot,
C'est drôle et rigolot !

·•·

BRINGUE ET FRINGUE

Allons, matelots, allons !
  Bringue et fringue !
  Fringue et bringue !
Allons, matelots, allons !
La terre est sous nos talons.

Comme aujourd'hui c'est dimanche,
L'hôtesse qui se démanche
Fourbit tout... jusqu'à ses seaux :
Et dire que sa vaisselle
Qui ce matin étincelle,
Sera ce soir en morceaux !

J'entends crier que Fanchette
Règle à grands coups de fourchette
Le compte de nos repas ;
C'est vrai, mais qu'on lui pardonne,
Car les baisers qu'elle donne,
Elle ne les compte pas.

Puis, Fanchette a tant de zèle.
Qu'on trouve toujours chez elle
Des mets selon tous les goûts ;
A nos vœux toujours propice
Il faut voir comme elle épice
Nos plaisirs et ses ragouts.

Je veux faire une toilette,
Ebouriffante et complète
Comme celle des lurons,
Et veux à ma convenance,
A mes souliers d'ordonnance
Une paire d'éperons.

Ayant part à ma richesse,
Margot, comme une duchesse,
Portera mante et chapeau ;
Puis elle enduira de plâtre
Son brun visage folâtre
Pour se déhâler la peau.

Si quelqu'un, par aventure,
Nolisant une voiture,
Met le cap sur le côteau,
Nous en doublerons l'allure
Au moyen de la voilure
Et du gréement d'un bateau.

Que le bourgeois grogne ou glose,
Moi, j'aime mordre à nuit close
Aux voluptés de hasard.
Il m'en faut de toute sorte,
Ou bien avant que je sorte,
Je chavire le bazar...

Car tel est mon caractère :
Aimant l'amour sans mystère,
Sans gaze et sans attirail.
Quand je suis dans l'opulence,
Joyeusement je m'élance
Du cabaret au sérail.

Allons, matelots, allons !
Bringue et fringue !
Fringue et bringue !
Allons, matelots, allons !
La terre est sous nos talons.

LA CONFESSION DU FORBAN

Un forban prêt à rendre l'âme
Entre les mains d'un tonsuré,
Lui disait : « l'abbé, je réclame
« Le droit de mourir à mon gré,
« Sans eau bénite ni curé :
« Puisque mes farces sont finies,
« Je compte, et c'est là mon seul vœu,
« Me passer de tes litanies
      « Et non de Dieu ! »

« Malgré ta faconde banale,
« Je mourrai, j'en suis convaincu,
« Dans l'impénitence finale,
« Mais gaîment, comme j'ai vécu,
« Sans un remords, sans un écu.

« Car si cette heure est effroyable
« Pour les gens qui craignent le feu,
« Quant à moi je me ris du diable
          « Et non de Dieu ! »

                    ·ͼϾ϶·

« Pour chasser les rêves moroses
« Qui troublent mon front rembruni,
« Je m'endors enivré des roses
« Que dans ses vers le gai Parny
« Sut prodiguer à l'infini.
« La nuit, sous mes rideaux de serge
« Parfois, si je tressaute un peu,
« C'est que je rêve de la vierge.
          « Et non de Dieu ! »

                    ·ͼϾ϶·

« Si ce péché te scandalise
« J'en supporterai le fardeau,
« Sans en charger un rat d'église
« Fût-il pape, évêque ou bedeau.
« — Enfin, marmoteur de credo. —

« Grâce à leur soutane ils nous dupent,
« De l'hymen se faisant un jeu,
« C'est de nos femmes qu'ils s'occupent
    « Et non de Dieu! »

« Mon vieux, est-ce que tu plaisantes,
« De prétendre avec vanité,
« Que c'est toi seul qui représentes.
« Ici-bas, la divinité,
« Pour consoler l'humanité ;
« Avec ton bavardage austère
« Qui pour moi n'est que de l'hébreu.
« Tu me fais l'effet d'un clystère
    « Et non de Dieu! »

A UNE *CORVETTE*

SONNET

Lorsque la lune éclaire ton racage,
Charmante *Isaure* aux grands écubiers noirs,
Et que les flots, ainsi que des miroirs,
Des astres d'or réfléchissent l'image ;

Que je voudrais, ô corvette volage !
Ivre d'amour, par un de ces beaux soirs,
Poser mon front entre tes deux bossoirs
Et m'endormir bercé par ton tangage !

Que je voudrais admirer à loisir
Tes flancs bombés comme une large coupe,
Et les contours de ta puissante poupe!

Toutes les nuits, en proie à ce désir,
Par un ciel sombre ou miroitant d'étoiles,
Je rêve, hélas!... que je cargue tes voiles!

LA BAGATELLE

Un jour que je fabriquais
  Des vers pour ma belle,
Et qu'en rêvant je traquais
  La rime rebelle.
Au lieu de faire un sonnet,
J'écrivis sur mon carnet
  Cette bagatelle,
    O gué!
  Cette bagatelle !

Bagatelle est un refrain
  Dont la rime est telle
Que j'ai beau la mettre en train
  Ma Muse est, dit-elle,

Trop lasse de mon sujet
Pour seconder mon projet
    Sur la bagatelle,
      O gué !
    Sur la bagatelle !

·€◈3·

Sterne disait à Lafleur
    Son valet fidèle,
Malgré toute sa valeur
    La gloire vaut-elle
Les charmes ventripotants
D'une femme de trente ans
    Et la bagatelle,
      O gué !
    Et la bagatelle !

·€◈3·

Quand, sans rime ni raison,
    L'époux de Marcelle
Brise tout dans la maison,
    Meubles et vaisselle,

Ce qui bien mieux qu'un baiser
Réussit à l'apaiser
  C'est la bagatelle,
    O gué !
  C'est la bagatelle !

Si la bonne du curé
  Est encor pucelle,
C'est, je m'en suis assuré,
  Que la jouvencelle,
Pour contenter ses désirs,
Recourt à d'autres plaisirs
  Qu'à la bagatelle,
    O gué !
  Qu'à la bagatelle !

Rose qui lit ma chanson,
  Roulant la prunelle,
Me dit d'un air polisson :
  Le temps sous son aile

Prend tous tes moments perdus,
Perdus à rimer et dus
    A la bagatelle,
        O gué !
    A la bagatelle !

LE VIEUX CHAT DE GRAND'MÈRE

Qu'un autre que moi glorifie
Les prouesses de nos guerriers,
Et tous ces combats meurtriers
Dont le souvenir terrifie ;
Moi, qui dans un gai quolibet,
Plaisantai les héros d'Homère,
Je chante sur le galoubet
Le vieux chat de grand'mère,

Ceux qui l'ont vu dans sa jeunesse
Savent qu'il charma bien des yeux
Par l'éclat de son poil soyeux,
Noir, et d'une grande finesse ;

Depuis qu'il est chauve il pâtit
Et, trouvant l'existence amère,
Il bâille et n'a plus d'appétit
Le vieux chat de grand'mère.

S'il faut en croire une voisine
Qui, jadis, connut l'animal,
Sous prétexte qu'il vivait mal,
Vingt fois il changea de cuisine ;
Et quand la faim le harcelait,
A ce qu'ajoute la commère,
Ce n'est pas du mou qu'il fallait
Au vieux chat de grand'mère.

Sa vie appartient à l'histoire,
Car grand'mère un jour m'a conté
Que son chat fut longtemps fêté
Par un membre du Directoire ;
Comme il sentait le Jacobin,
Soit en floréal ou brumaire,
Tous les jours il prenait un bain
Le vieux chat de grand'mère.

La sombre année où le cosaque
Nous couvrit de honte et de rats.
Accablé par les scélérats
Il se fit frotter la casaque :
Il voulait vaincre, et je l'absous
D'avoir nourri cette chimère...
Mais il eut toujours le dessous
Le vieux chat de grand'mère.

En plein jour, comme à la nuit close.
Il fallait voir notre héros
Avaler le rat le plus gros,
Comme un requin gobe une alose...
En étrangla-t-il, le vaurien !
Mais toute gloire est éphémère,
Car il n'étrangle, hélas ! plus rien
Le vieux chat de grand'mère.

L'ARCHÉOLOGUE

Lisez, messieurs, lisez mon catalogue.
Vous y verrez les mille objets divers
Que j'ai groupés, savant archéologue,
Dans ce musée unique en l'univers.

Grand amateur de merveilles étrusques,
J'ai découvert, par le plus grand hasard,
Sous un peplum, parmi de vieilles *frusques*,
Le démêloir qui servit à César.

J'ai le couteau dont se frappa Socrate,
Et le foulard dans lequel s'est mouché
L'incendiaire et farouche Erostrate
Qui par orgueil brûla l'archevêché.

4

Ceci, messieurs, est l'amphore en vieux Sèvres
Qu'un voltigeur déroba dans Soissons ;
Comme il allait la porter à ses lèvres,
Le roi Clotaire en a fait des tessons.

·ε☙ε·

Du vieil Homère, admirez le binocle
Que sur Laïs avec morgue il braquait ;
J'ai dans les mains les souliers d'Empédocle.
Qu'Ahavérus illustra d'un béquet.

·ε☙ε·

Ce clavecin affecté de mutisme
A réveillé plus d'un terrible écho ;
Quand Tamerlan proclama l'islamisme
Il s'en servit et fit choir Jéricho.

·ε☙ε·

J'ai deux cerceaux de cette crinoline
Qu'un vil Tarquin tenta de soulever,
Mais que tint bon la noble Messaline
Qui se tua d'un coup de revolver.

·ε☙ε·

Du roi David contemplez l'arbalète,
Et le grand clou maintenant tout rouillé
Que Sisara lui ficha dans la tête
Et qu'Androclès lui retira du pied.

Bien qu'empaillé, je conserve le merle
Qu'une Lesbienne aimait avec amour,
Et j'ai fait mettre à ma bague la perle
Que Cléopâtre avalait chaque jour.

Le calumet de la pipe d'Alcide,
Son vieux briquet et sa blague à tabac
Sont à côté du boulet régicide
Qui renversa Pyrrhus à Tolbiac.

Voyez ce fer : il fut au pied de l'âne
Dont la faconde étonna Balthazar,
Et qui plaida la cause de Suzanne
Qu'on accusait de corrompre un vieillard.

J'ai réuni dans un brillant trophée
L'irrigateur du fier romain Marius,
Et l'archet d'or du violon d'Orphée,
Qui fut monté par Stradivarius.

Voici, Messieurs, le plus beau plâtre attique
Que j'ai trouvé sans de trop grands défauts,
C'est un Phaon, un moissonneur antique,
Il est en train de repasser sa faux.

Lisez, messieurs, lisez mon catalogue,
Vous y verrez les mille objets divers
Que j'ai classés, savant archéologue,
Dans ce musée unique en l'univers.

LA SERVANTE DE FERME

Je n'suis qu'un' servante de ferme,
Prête à tout du matin au soir ;
Toujours active et bûchant ferme
A la grang', l'étable ou l' pressoir ;
Trayant les vach's, je chante ou j' siffle
Tout aussi bien que l' premier v'nu,
Et j' passe sans peur sous l' front cornu
Du Robin qui meugle ou qui r'niffle...

Quand on a des bras comm' ceux-là,
On peut toujours s' tirer d'affaire,
Car c' n'est pas pour vivre à rien faire
    Que l' bon Dieu m'a donné c'la !

·€❀Э·

Je n' connais pas dans notr' village
Deux fillett's dont on n' médis' pas :
L'une est trop fièr', l'autr' trop volage
Et sans boiter n' fait qu' des faux pas.
Moi, qui n'ai pas l'humeur sévère,
D'un r'gard animant les garçons,
Je n' fais jamais un tas d' façons
Pour danser, rire ou boire un verre...

Quand on a des yeux comm' ceux-là
On peut toujours s' tirer d'affaire,
Car c' n'est pas pour vivre à rien faire
    Que l'bon Dieu m'a donné c'la !

J' n'ai ni vertigo, ni caprice,
J' suis tout d'un' pièce et sans défaut,
Aussi j' compt' faire un' bonn' nourrice
Dès qu' pour ça j'aurai c' qu'il me faut ;
Ma mèr' l'était, j' veux êtr' comme elle,
Je sais plus d'un' petit' chanson
Pour endormir un nourrisson
Qui dit bonsoir à la mamelle.

Quand on a des charm's comm' ceux-là,
On peut toujours s' tirer d'affaire,
Car c' n'est pas pour vivre à rien faire
    Que l' bon Dieu m'a donné c'la.

·€∞3·

D'puis cinq à six mois j' suis coiffée
D'un bouvier, dont l'œil amoureux
Semble m' dir' que j' suis étoffée
A l' rendre éternell'ment heureux...
Oui, mais comm' le gars chaqu' dimanche,
S' boissonne, et qu'il a l' vin qu'relleur,
Si j' deviens sa femme, ah! malheur!
Quand l' balai mêm' n'aurait plus d' manche...

Quand on a des poings comm' ceux-là,
On peut toujours s' tirer d'affaire
Car c' n'est par pour vivre à rien faire
    Que l' bon Dieu m'a donné c'la!

·€∞3·

Quand on a comm' moi c'te carrure,
Pour être belle on n'a qu'à l' vouloir!
Aussi j' n'ai pas besoin d' parure
Ni d'affiquet pour m' fair' valoir.

J' suis propre et d' plus j' suis économe,
Aussi rien n' traîne où j' viens d' passer,
Et puis quand j' le veux, sans m' lasser
J' porte aisément la charg' d'un homme...

Quand on a des reins comme ceux-là,
On peut toujours s' tirer d'affaire,
Car c' n'est pas pour vivre à rien faire
    Que l' bon Dieu m'a donné c'là !

LA LAVANDIÈRE

Lise, accorte lavandière,
Un jour le battoir en main,
Décrassait dans la rivière
Les guenilles du prochain,
Lorsque soudain un bon drille
Vint admirer les contours
De la belle jeune fille...
Mais, Lise lavait toujours.

Aurais-je pu te déplaire ?
Lui dit le gars à l'œil noir,
Mais tu souris et l'eau claire
Est un perfide miroir.

Hélas ! que ne suis-je l'onde,
Moi, je suspendrais mon cours,
Pour mieux te voir, fille blonde...
Mais, Lise lavait toujours.

Tout en brodant sur ce thème
Le gars dans son abandon
Lui dit ces deux mots : Je t'aime !
Puis invoquant Cupidon :
Amour, puisqu'on me rebute,
Dieu malin, guide mes pas !
Si courte serait la lutte,
Si Lise ne lavait pas !

Sur la rivière courbée,
Cette ondine au frais minois
Jetait à la dérobée
Au drôle un regard sournois.
Et comme un soufflet de forge
Se gonflait sous sa croix d'or,
La blanche peau de sa gorge...
Mais, Lise lavait encor.

La nuit de ses ailes sombres
Eteignait les feux du jour,
Lorsque j'entendis deux ombres
Sursurer des mots d'amour.
La belle et le bon apôtre,
Folâtrant sur le talus,
Etaient fort près l'un de l'autre,
Et Lise ne lavait plus.

UN REVENANT

J'arrive du pays des âmes
Où par privilège infernal,
Satan m'a placé dans les flammes
Entre Molière et Juvénal.
Epiménide d'un autre âge,
J'ai bien moins dormi que songé,
Je ne vois que du replâtrage,
Et ne trouve rien de changé.

Vos mœurs fatiguent l'hyperbole :
Crésus quête dans un plat d'or,
Et Job qui lui jette une obole
L'entend crier : encore, encor !

Le soir, ce quémandeur habile,
Déposant son masque obligé,
Chez Laïs vide sa sébile...
Je ne trouve rien de changé.

La race des pitres pullule :
Votre beau pays en est plein,
Et le vieux système à bascule
Pour eux se transforme en tremplin.
Plus d'un essayant la machine,
Par le succès encouragé,
Triomphe ou se brise l'échine...
Je ne trouve rien de changé.

Sur des épaules de pygmée,
Cet autre revêt, sans rougir,
La peau du lion de Némée
Et s'imagine l'élargir...
Mais sous ce fauve laticlave
Ce nabot, par l'orgueil rongé,
Cache mal son collier d'esclave...
Je ne trouve rien de changé.

Les fils de votre bourgeoisie,
Dans quelque immonde musico,
Recrute en guise d'Aspasie
Cora, Rigolboche ou Marco.
Débauche à nulle autre pareille,
Vos filles, d'un air dégagé,
« Portent le bouquet sur l'oreille »...
Je ne trouve rien de changé.

Tartuffe et Bazile ont fait souche :
Leurs enfants troquent leurs manteaux
Contre celui du Scaramouche,
Dont ils ont volé les tréteaux.
Et leur plus infime sectaire
Au nom de son ordre outragé,
Quand il voudra vous fera taire...
Je ne trouve rien de changé.

INITIATION

SONNET

———————

Quand j'ai connu l'amour et ses élans fougueux,
Ce n'est pas aux clartés des lampes d'argyrose,
Mais dans un tas de foin et sous un ciel morose,
Près d'un lac entouré de végétaux fongueux.

La fille avait vingt ans, l'épiderme rugueux,
L'œil vif, les cheveux roux et le bout des seins rose :
Son teint clair, éloignant tout soupçon de chlorose,
Révélait le sang pur de la race des gueux.

5

Elle avait, dans ce foin, fait un large trou sombre
Où son corps tout entier, comme un bateau qui sombre,
S'engouffrait brusquement en ses ébats joyeux...

C'est là. dans ce trou noir. qu'enfin je me hasarde,
N'ayant pour me guider auprès de la gueusarde,
Qu'une âcre odeur de rût et l'éclair de ses yeux.

BON CHEVAL DE TROMPETTE

En deux mots, voici mon histoire :
Je suis la fille de Manon
Que l'on baptisa *La Victoire*,
Un jour, aux accents du canon;
Ses mœurs ne valaient pas tripette.
Plus d'un soldat m'en fit l'aveu...

Ah! oui, mais je suis, sacrebleu!
Je suis bon cheval de trompette,
Je ne bronchais pas pour si peu.

Une bombe, un jour de bataille,
Coucha ma mère sur le flanc
Et lui fit une large entaille,
Par où je sortis en braillant;

Je faillis, d'un coup d'escopette,
Rendre en naissant mon âme à Dieu...

Ah! oui, mais je suis, sacrebleu!
Je suis bon cheval de trompette.
Je ne bronchais pas pour si peu.

Je grandis dans une cantine
Où mon père, un vieux caporal,
Peupla ma mémoire enfantine
De plus d'un conte peu moral;
Souvent, lorsqu'il était pompette,
Il me grisait de petit-bleu...

Ah! oui, mais je suis, sacrebleu!
Je suis bon cheval de trompette,
Je ne bronchais pas pour si peu.

Juste à seize ans, j'entre en ménage
Avec le plus noir des turcos,
Qui, sans respect pour mon jeune âge,
Me dota de deux moricauds;

Jusqu'à ce que la peau m'en pète,
Je trimais au camp comme au feu ..

Ah ! oui, mais je suis, sacrebleu !
Je suis bon cheval de trompette,
Je ne bronchais pas pour si peu.

·€⊗℈·

Un matin, raide comme balle,
Mon gueux d'homme part pour Amiens.
Enrichir d'un faux cannibale
Une troupe de bohémiens ;
Il prit la poudre d'escampette,
Nous laissant là, sans feu ni lieu...

Ah ! oui, mais je suis, sacrebleu !
Je suis bon cheval de trompette,
Je ne bronchais pas pour si peu.

·€⊗℈·

Un jour, entraînant ma marmaille.
Je dis à mes deux mal blanchis :
« C'est pour l'honneur qu'on se chamaille,
Et la France est dans le gâchis. »

J'y laissai, saperlipopette !
Un de mes enfants pour enjeu...

Ah ! oui, mais je suis, sacrebleu !
Je suis bon cheval de trompette,
Je ne bronchais pas pour si peu.

Depuis lors, je suis devenue
La grosse mère que voilà :
Teint de rose, croupe charnue
Et l'humeur folle avec cela ;
Mes jours, en butte à la tempête,
M'ont fait blanchir plus d'un cheveu...

Ah ! oui, mais je suis, sacrebleu !
Je suis bon cheval de trompette ;
Je ne bronche pas pour si peu.

MARCHE MILITAIRE

Il était un capitaine,
Barbu comme un vieux triton,
C'était le croquemitaine,
Ton de ron ton, de ron taine,
Des fillettes du canton,
      Ton de ron taine,
      Ton de ron ton!

En allant à la fontaine,
La gentille Margoton,
Sous son corset de futaine,
Ton de ron ton, de ron taine,
Laissa voir son blanc téton,
      Ton de ron taine,
      Ton de ron ton!

Par hasard, le capitaine
Qui passait par-là, dit-on,
Soudain lui mit sans mitaine,
Ton de ron ton, de ron taine,
La main ailleurs qu'au menton.
      Ton de ron taine,
      Ton de ron ton!

·⚜·

Oh! lui dit, fière et hautaine,
La pudique Margoton,
Nom de Dieu! mon capitaine,
Ton de ron ton, de ron taine,
Vous m'arrachez un bouton,
      Ton de ron taine,
      Ton de ron ton!

·⚜·

Qu'est-ce à dire, ô ma châtaine?
Lui dit-il, baissant le ton,
Pour courir la pretentaine,
Ton de ron ton, de ron taine,
N'as-tu pas un fin peton,
      Ton de ron taine,
      Ton de ron ton !

·⚜·

Margot, bien que puritaine,
Bravant le qu'en dira-t-on,
Suivit le vieux capitaine.
Ton de ron ton, de ron taine,
Dont elle eut un rejeton,
      Ton de ron taine.
      Ton de ron ton,

IMPERTINENCE

SONNET

———————

J'ai rêvé, bien des nuits, sur le sein de drôlesses
Qui valaient mille fois, par l'esprit et le cœur,
Les femmes « comme il faut » qui persiflent en chœur
Ces sœurs de charité des humaines faiblesses !

Et j'ai souvent fléchi sous le regard vainqueur
De ces filles de rien, folles enchanteresses,
Dont les lèvres de feu, prodigues de caresses,
Me grisaient l'âme, ainsi qu'une ardente liqueur.

Plus tard, quand j'ai connu la bourgeoise étoupée,
Qui semble avoir aux reins un ressort de poupée
Et ne livre jamais le plaisir qu'à faux poids,

J'ai dit : — et si je mens, que la vierge m'emporte ! —
Toute femme n'est bonne à METTRE que deux fois :
La première en son lit, la seconde à la porte !

POLICHINELLE

Loin de Paris, j'ai déplanté
La vigne de sincérité
Qui déchira plus d'une oreille;
Dans le cep noueux de sa treille,
Morte sans un seul rejeton,
Je me suis taillé ce bâton
Qui par sa vertu rend ma force éternelle...
    Je suis Polichinelle !

Plus philosophe que bouffon,
Je suis moins vide que profond;
Sous tout ce qui fait ombre au masque,
Sous le diadème ou le casque,

Je lis un homme couramment
De la préface au dénouement :
Je jauge son âme en sondant sa prunelle...
        Je suis Polichinelle !

Saint-Jean, cet apôtre disert
    Ne prêcha que dans le désert !
Moi ! débitant avec largesse.
Les formules de ma sagesse.
Naguère, au sein d'une cité
Je commentais la liberté...
Fier porte-bâton, je faisais croire en elle !
        Je suis Polichinelle !

Devant mes tréteaux vermoulus,
La foule ne s'arrêtait plus :
Alors, je me fis moraliste
Et, changeant ma langue en baliste.
J'ai crevé les murs de granit
Où l'aigle un jour a fait son nid...
Grâce à moi, l'oison ne bat plus que d'une aile !
        Je suis Polichinelle !

C'est à peine si mes bons mots
Font rire aujourd'hui les marmots :
Ce n'est pas que l'esprit me manque.
Mais un effronté saltimbanque.
Un Macaire sans foi ni loi
Bat la caisse en face de moi...
Il se fait garder par une sentinelle !
    Je suis Polichinelle !

UN TATOUAGE

RÉCIT DE LA CÔTE

———

I

Ils sont bien vieux ceux-là qui furent matelots
Au temps où naviguait le camarade Jacques
Dont la frêle chaloupe, un dimanche de Pâques,
Errait à l'aventure et vide sur les flots.

Il avait été mousse avant d'être pilote,
Le cher homme ! et son cœur aussi bien que sa peau,
Jadis, s'étaient bronzés sous les plis du drapeau
Qui flottait dans la poudre à bord du *Sans-Culotte.*

6

Si vous l'aviez connu lorsqu'il avait vingt ans !
Solide comme une ancre et souple comme un câble.
Il n'était pas de ceux, quand le ciel les accable,
Qui jettent au Bon-Dieu des psaumes tremblotants.

Nous avons mis nos sacs sur la même gabare ;
Quand on parlait de lui, dans nos groupes joyeux,
Chacun de nous disait : « Il n'a pas froid aux yeux,
Jacque, et de plus il est franc comme l'or en barre. »

Comme pilote, a-t-il assez souvent lancé
Sa coquille de noix sur la vague traîtresse,
Pour soustraire à la mort des marins en détresse
Qui sentaient fuir sous eux leur bateau défoncé.

II

Tout à coup, il devint taciturne et sauvage...
Ce qui fit dire, un soir, à des tisseurs de lin,
Que le bonhomme était hanté par le *malin*
A preuve qu'il trôlait la nuit sur le rivage...

Naïves bonnes gens que la crainte affola !
Ils n'ont vu que le diable au milieu de leurs transes,
Mais moi, qui connus Jacque et ses mornes souffrances,
Je savais que l'amour avait passé par là...

Il y passa farouche, incandescent, terrible,
Avec le choc affreux d'un infernal brûlot,
Incendiant ainsi ce rude matelot
Dont le cœur éclata sous une étreinte horrible.

. . . .

Il aimait Marion, la fille aux Macopins,
Celle-là qui s'enfuit autrefois à la ville...
Vous l'avez bien connue ! une corvette vile
Qui vogua dans les eaux des femmes à grappins.

·ᘒⲟ⧉ⲟᘓ·

Il pouvait mieux choisir, pire était impossible !
Mais enfin, il paraît qu'au livre de ses jours
La chose était écrite ; et c'est ce qui, toujours,
Le rendait avec nous d'une humeur irascible.

·ᘒⲟ⧉ⲟᘓ·

Elle, la Marion, s'en gaussait bien un peu ;
Mais lui, ce fier marin qui bravait onde et flamme
Ne sut pas résister aux tourmentes de l'âme
Qui rugirent un jour dans sa poitrine en feu.

·ᘒⲟ⧉ⲟᘓ·

Comme il ne pouvait plus, alors, vivre sans elle.
Il la garda six mois à mordre dans son pain,
Et vendit tous ses champs que lopin par lopin,
Et sillon à sillon dévora la donzelle.

·ᘒⲟ⧉ⲟᘓ·

Quand le nid fut vidé, l'oiseau déménagea
Et prit son vol douteux vers ces riches contrées
Où, comme les maisons, les amours sont dorées...
Mais le vieux matelot qui souffrait se vengea !

. . . .

III

Nos barques sont à sec et rien ne nous dérange.
Je vous conterai donc comment un soir d'été,
Voilà bientôt quinze ans, le pauvre homme exalté
Parvint à se venger d'une façon étrange.

Ce soir-là, le vieux Jacque espalmait son bateau,
Lorsqu'en levant les yeux il vit sur la chaussée
La belle Macopin dont la taille élancée
Se carrait dans les plis d'un fastueux manteau...

Ohé ! la Marion, lui héla le pilote.
Te souvient-il du temps où, sans jupe et sans bas,
Tu courais sur la grève ? Il paraît que là-bas,
A Paris, on va vite à faire sa pelotte !

Et Jacques, lentement, s'approcha d'elle un peu...
Ce qu'il lui raconta, matelots, je l'ignore ;
Je sais qu'il l'emmena chez lui jusqu'à l'aurore,
Et qu'elle en est sortie avec la joue en feu.

·ε∞ɜ·

Ce qui s'est passé là, n'est pas commode à dire ?
Mais nos enfants sont loin, à quoi bon nous gêner ;
J'ai commencé l'histoire, il faut la terminer...
Adieu vat ! larguons tout, et vogue le navire !

IV

En agissant ainsi, Jacques avait son but ;
Aussitôt arrivés, ils se mirent à table,
Puis à ras gobelet, d'un petit vin potable,
Le marin versa ferme à la fille... elle but.

·ঙ৯৩·

Et si bien, qu'à minuit, Marion était ivre
Et dormait... C'est alors que mettant à profit
L'ivresse et le sommeil, l'amant trompé lui fit
Une marque honteuse et dont rien ne délivre...

·ঙ৯৩·

l avait, autrefois, étant sur les pontons,
Appris à tatouer les bras ou la poitrine
Au moyen d'une aiguille, et comme l'on burine
D'extravagants dessins et de naïfs festons.

·ঙ৯৩·

C'est ainsi qu'il osa, plus bas que le sein gauche,
Graver un mot cruel qu'elle garda toujours,
Et ne put dérober, à l'heure des amours,
A ceux-là qu'exploitait sa vénale débauche !

.   .   .   .

V

A partir de ce jour, Jacques, cet intrépide,
Ne fut presque jamais rencontré sur la mer ;
On eût dit que le poids d'un souvenir amer
Alourdissait les flancs de sa barque rapide...

Tout poignant désespoir est comme le remord :
Lorsqu'il a pénétré dans une âme brisée,
Il ne la quitte plus qu'il ne l'ait épuisée
Et réduite à chercher un abri dans la mort.

Voilà pourquoi, sans doute, un dimanche de Pâques,
A l'heure où nous étions à boire, matelots,
On aperçut au large, errante sur les flots,
La barque vide, hélas ! du fier pilote Jacques.

. . . .

VI

Quant à la Marion, elle est morte au lointain
Sur un lit d'hôpital, son triste et dernier havre...
Les carabins ont pu lire sur son cadavre
Le mot qu'y burina le pilote : πυταιν !

TABLE DES MATIÈRES

Évreux, imprimerie de Charles Hérissey.

www.ingramcontent.com/pod-product-compliance
Lightning Source LLC
Chambersburg PA
CBHW071107260626
47162CB00006B/2243